문학과지성 시인선 148

10년 동안의
빈 의자

송찬호 시집

문학과지성사에서 펴낸 송찬호의 시집

붉은 눈, 동백(2000)
고양이가 돌아오는 저녁(2009)
분홍 나막신(2016)

문학과지성 시인선 148

10년 동안의 빈 의자

초판 1쇄 발행 1994년 11월 18일
초판 8쇄 발행 2021년 8월 30일

지 은 이 송찬호
펴 낸 이 이광호
펴 낸 곳 ㈜문학과지성사
등록번호 제1993-000098호
주 소 04034 서울 마포구 잔다리로7길 18(서교동 377-20)
전 화 02)338-7224
팩 스 02)323-4180(편집) 02)338-7221(영업)
전자우편 moonji@moonji.com
홈페이지 www.moonji.com

문학과지성 시인선 148

10년 동안의 빈 의자

송찬호

1994

自　序

　삶으로부터 멀리 떠나왔다고 생각되는
곳에서, 문자와 벌레를 구분 못 하는 행복
한 시절로부터 영원히 벗어나지 않기를 바
라며
　──네 살 내 아들에게, 그리고 그의 자
손들에게

1994년 11월
송　　찬　　호

10년 동안의 빈 의자

차 례

▨ 自 序

달은 추억의 반죽 덩어리

누가 저기다 밥을 쏟아놓았을까 모락모락 밥집 위로
뜨는 희망처럼
　늦은 저녁 밥상에 한 그릇씩 달을 띄우고 둘러앉을 때
　달을 깨뜨리고 달 속에서 떠오르는 고소하고 노오란 달

　달은 바라만 보아도 부풀어오르는 추억의 반죽 덩어리
　우리가 이 지상까지 흘러오기 위하여 얼마나 많은 빛
을 잃은 것이냐

　먹고 버린 달 껍질이 조각조각 모여 달의 원형으로
회복되기까지
　어기여차, 밤을 굴려가는 달빛처럼 빛나는 단단한 근
육 덩어리
　달은 꽁꽁 뭉친 주먹밥이다 밥집 위에 뜬 희망처럼,
꺼지지 않는

피 뿌린 땅을 밟으며

이 병 여기서 얻었으니 이 몸
여기다 말뚝 박고 떠나거라
너희들 병 세상에 다 나누어
주고도 그 병에 괴로울 때
돌아와 이 말뚝에 묶이거라
사람들은 울면서
말뚝을 박고 떠나갔다

말뚝에 묶인 도둑의 목에서는
끊임없이 흰 피가 흘러내렸다
가뭄의 땅 어디에 그렇게 지치지 않고
흐르는 물이 숨어 있었던가

먼 길을 가는 사람들은
엎드려 마른 목을 축였다
물은 사람들의 입에서
입으로 세상 끝까지 흘러갔다
마침내 예언은 실현된 것인가
이 기적을 보려고 멀리서도
순례의 발길이 그치지 않았다

이제 이 땅에도 오랜 역병이 그치고
해마다 풍년이 들리라

빙 둘러섰던 사람들 피 뿌린 땅을 밟으며
다시 되돌아갔다

달빛 밟으며

어두운 밤 아이가 잠을 깨어 운다 그때다,
구름 뒤에서 달이 불쑥 고개를 내밀 듯
엄마의 옷깃을 헤치고 출렁 솟아오르는
뭉실한 젖통 아이가 달빛을 빤다
달빛이 온 세상에 환히 퍼져 흐른다

어두운 밤길을 가던 사내가
갑작스런 달빛에 찔려 비틀거린다
달빛, 달빛, 칼빛

아버지가 떠나던 날부터 어머니는
은은한 달빛이었습니다
어느 달 밝은 밤 그 아버지를 만났습니다
아아, 그곳에도 아버지를 바라고
달이 하나 떠 있었습니다
차마 그를 찌르지 못하고 돌아섰습니다

밤길을 걷는다 옆구리에서 새어나오는
달빛을 움켜쥐고
휘청거리며 걸어간 그 옛길을

달빛이 무디어질 때까지 달빛을 밟으며
오늘밤엔 내가 그 길을 간다

족쇄의 길

불 속에서 쇠사슬 끄는 소리가 들렸네
수레바퀴는 진창에 빠져 꿈쩍을 않고
겨울 안개의 뜨겁게 부어오른 발바닥이
여기저기 시커멓게 탄 빵처럼 뒤집혀져 있었네
멀리서 신기루인 양 교회의 지붕이 떠올랐네
그러나 나는 번번이 죄의 열차를 놓쳤으니
무허가 여인숙 앞에서 오랫동안 서성거렸네
창문 불빛에 내 시린 손 나뭇잎처럼 피워올렸네
어느 부유한 불빛이 그 나뭇잎 빼앗아갔네
이윽고 나는 마지막 성냥불 켜 옛 애인 불러내었네
돌덩어리를 얼마나 품고 있어야 따뜻한 밥이 되는지
그 사람 다가와 차가운 내 몸 안아주었네
나 행복한 지붕이란 지붕 모두 사랑하였네
끊임없이 공장 굴뚝에 길을 물었네
그러나 나는 어떤 길도 밀고할 수 없었네
아무리 짧은 행로였지만 모든 길은
내게 빚을 독촉할 의무가 있었네
한번도 따뜻해보지 못한 사내에게서
국물 같은 나머지 노래 흘러나왔네
인부들이 쇠꼬챙이로 쓰레기통 같은 아가리를

벌리고 뻣뻣한 동굴 끄집어내었네
죽은 자는 언제나 말이 없는 법이네
여전히 불 속에서 쇠사슬 끄는 소리 들리고
겨울 안개의 부르튼 발바닥이 여기저기
시커멓게 탄 빵 껍데기처럼 뒤집혀져 있었네

공작 도시 2

어둠 속에서 불은 순간적으로 아주 짧은 집을 짓는다
불빛에 나타난 겁 많은 유리창들
유리창에 악착같이 상인 매어달린다, 그의 가방 열어
보인다
미끄러운 공포 흘러내린다

애써 광기를 숨기기 위하여 잠시 흔들리는,
빈민가를 흘러온 창밖 저 미치광이 등불들
그러나, 수도승들조차 이 유리창을 통과하지 못했다
빵들이 검어진다
부자들은 구름 위에서 내려오질 않는다

어둠 속에서 마른 성냥개비 끌려나온다
잠시 반짝한 불빛 속에서 뛰쳐나온 하얗게 질린 나뭇
잎이
재빠르게 지갑 속으로 숨어든다
심야의 공장은 더욱 커져 보인다, 공장 불빛이 두렵다
저 퀭한 도둑고양이,
빈민들 지붕 위를 걷는다

오래 기억되어야 할 기념비, 불이 거꾸로 세워져 있다
창밖 도시가 온통 뒤집혀져 보인다
죽은 자가 떠오른다
그는 다시 번복되지 않는다

모 자

난 어떤 밀고자를 알고 있다
저기 그가 헐레벌떡 뛰어오고 있다
벌써부터 그의 머리에서는 빵 굽는 냄새가 난다

귓속으로 한 움큼 동전이 쏟아진다
자, 보세요 얼마나 잘 익었는지……
그러나 난 아쉽게도 이 빵을 모자로 뒤집어야 한다

난 모자 앞에서 늘 망설이는 편이다
아름다운 여자 아름다운 집 앞에서 머뭇거리는 것처럼
난 하나의 모자를 고른다, 그렇게
한 권의 훌륭한 책을 만날 수도 있는 것이다

그러나, 우리도 언젠가 헤어져야 할 날이 올 것이다
내 고단한 몸을 누일 때 그것이
머리 위로 천천히 들어올려지겠지
죽은 나비를 집어올리듯이

저기 누군가 헐레벌떡 뛰어오고 있다
보라, 새로운 사람을 만날 때 내 인사는

이것을 만지작거리며 반가워하는 것이다
이 경의를,
빵 굽는 냄새 나는 이 모자를

구 두

나는 새장을 하나 샀다
그것은 가죽으로 만든 것이다
날뛰는 내 발을 집어넣기 위해 만든 작은 감옥이었던 것

처음 그것은 발에 너무 컸다
한동안 덜그럭거리는 감옥을 끌고 다녀야 했으니
감옥은 작아져야 한다
새가 날 때 구두를 감추듯

새장에 모자나 구름을 집어넣어본다
그러나 그들은 언덕을 잊고 보리 이랑을 세지 않으며
날지 않는다
새장에는 조그만 먹이통과 구멍이 있다
그것이 새장을 아름답게 하는 것인지도 모른다

나는 오늘 새 구두를 샀다
그것은 구름 위에 올려져 있다
내 구두는 아직 물에 젖지 않은 한 척의 배,

한때는 속박이었고 또 한때는 제멋대로였던 삶의 한

컨에서
　나는 가끔씩 늙고 고집센 내 발을 위로하는 것이다
　오래 쓰다 버린 낡은 목욕통 같은 구두를 벗고
　새의 육체 속에 발을 집어넣어보는 것이다

白 夜

그 등불은 춥고 멀리서
온 듯, 붉었다
사냥꾼에 쫓기다
길을 잃은 듯
피에 젖은 채,
그의 몸은 유리창처럼 발갛게
부풀어오르고 있었다

내 흐릿한 기억 속의 등불은
탁자 위에 놓여져 있다
나는 심지를 조금 돋운다
보라, 난 그처럼 아름다운
뿔을 본 적이 없다
저 타오르는 털빛, 언젠가 추운
거리를 지나다 진열장 너머
그처럼 부드럽고 따뜻한
털옷을 본 적이 있다
그때 유리창은 언제 끝날지 모를
긴 白夜를 시작하고 있었다
그때 내 몸은 소금보다 더 어두웠고

그 댄서를 구경하기 위하여 우리는
빛으로부터 검은 탄더미처럼
쏟아져나오곤 하였다

그 댄서는 죽었다 누군가
창을 치켜들고
그 등불을 향하여 미친 듯이 덤볐으리라
그가 남긴 것이라곤 지저분한
화장품통과 차디찬 플로어와
삶과 어긋나기 일쑤였던 두터운 털신뿐
점점 사라져가는, 저 차가운
산꼭대기에 놓여 있는 아득한 등불, 빛
누군가 황량한 30대를 그렇게 건너갔으리라

지팡이

그의 지팡이는 물렁물렁하였다
질긴 동물 내장으로 만든 것처럼,
힘겹게 그는 그 지팡이를 삼켰다
벌어진 입 속으로
어두운 우물 같은,
그 지팡이가 보였다

그의 지팡이는 짧았다
그는 그 지팡이처럼 짧은
몇 개의 질문을 갖고 살았으니,
어느 해 큰 홍수에
제물로
그 지팡이를 던져보았으리라
그것으로 마른 땅을 두드려
땅 밑 항아리 같은 샘물을 찾았으리라

그의 지팡이는 술잔을 닮아 보였다
그가 그토록 그 지팡이를 마시고 싶어했으니
나는 나직이 소리질렀다
이 지팡이는 아직 따뜻해,

냄새도 훌륭하고
아직 먹을 만해!

나는 멈칫하였다, 만지면
그 지팡이 금방 늙어버릴 것 같았다
삶이란 아주 짧은 것이다
저 쓸쓸한 침상 위
싸늘히 식어버린 지팡이,
나도 어느새 그 지팡일 모두 먹어버린 것 아닌가

얼음의 문장 1

누가 밟았기에 계단이 저렇게 꺾였을까, 악마가?
꺾였다 다시 일어나는 저 완강한 악마의 계단들
난 계단과 싸운다

치유할 수 없다 탁발승의 굳은 발바닥아 수도승의 돌
대가리야
더러운 성병에 걸린 그 여자를 놓아다오
냄새 나는 음부야 썩어가는 다리야, 와서 이 결혼식
을 즐겨다오
이 끔찍한 不在의, 가시 돋히도록, 거칠게나마 나는
그 가시로
밤을 둘러칠 것이다 그 가시로 밝힌 붉은 밤들을 서
약할 것이다
오, 부재의 처녀지! 난 신부를 끌고 그 밤의 골짜기를
건널 것이다

……그리고, 결혼식이 끝나고 그렇게 결정된
매장지에 두 개의 몸을 뉘었다 한없이 낮고 느린 노
랫소리,
장지 사람들에 의해 나는 그녀의 몸 속에 매장되었다

내 부재가 그토록 무거웠던가, 저 몸서리쳐지는, 부
재의 꼭대기,
  난 죽어 있으므로 그 계단을 일으켜세워 보여줄 수
있기까지 하다

얼음의 문장 2

그는 불붙는 계단과 싸우고 있었다
소리를 지르며 계단이 괴물처럼 일어섰다 쓰러졌다
장미가 발생했다, 장미의 가시로 불길을 막아내며

앞으로 가시가 유행하리라, 그토록 환했던 부재의 발
생지였기에
그는 그 부재의 가시에 찔렸다 중독이 되도록 수없이
그는 아편쟁이였다 팔뚝 속에서 흡혈의 채찍이 꿈틀
거렸다

부력을 잃은 구름들이 바닥 여기저기 내동댕이쳐져
뒹굴고 있다
그는 구름을 읽는다 그것들은 아직 끝나지 않은 어제
였고
어제까지 유행하던 매장의 풍습이었다
꺼져라, 더러운 시체더미들 그는 구름들을 걷어찬다
그는 부재의 아름다움을 알고 있었다
죽어 있음을 끝까지 거부하였다

그들은 계단을 팔았다 부재의 꼭대기까지, 부재의 사

원이 거기 있었으므로

그들은 악착 같은 상인이었다 바다 없는 세계에서 배
를 생각해냈으니

부재를 높이 떠메고 그들은 그곳을 향하여 나아갔다

그들의 몸이 수의로 천천히 젖어들어갔다 다른 해안
이었다

얼음의 문장 3

그토록 싸웠던 계단에서 그는 모습을 감췄다
그는 자기의 몸을 꺾어 몸 속에 집어넣었다 그렇다,
몸 속에 처박힌 계단을 통하여 그는 내부의 사원으로
사라져갔다

이제 그는 어제라 불릴 것이다 그에게 상처입힌 것이
수의였다고
밤의 사람들이 메고 온 혼례의 옷을 실은 밤의 궤짝
들이 실은 그의 매장지였다고
나뭇가지들이 그를 높이 쳐들고 운반해갔다
새소리도 들리지 않는 높은 곳에서 그는
차가움을 빼앗기지 않으려 꼼짝 않고 누워 있었다

눈물의 딱딱함과 단단한 벽돌의 빵들, 그는 모든 것을
어제로 바꾸었다 그의 몸이 얼음으로 터져 빛났다
이따금 바람이 불고 낯선 거리 끝에 미끄러운 공포가
나타나 얼음의 문장을 읽고 지나가곤 하였다

오래 비웠던 빈사의 빈집과 그 최후를 지켜보던 몇
개의 기둥들

문들의 닫혀짐과 우연히 지나다 목격한 창문의 불 꺼
짐 그의 사라짐은
　단순하였다 다른 세계에서 바람이 불어온다 이제 그
흔한 물 위의
　사원들은 머뭇거리지 않고 흘러가리라 여기 그의 죽
어 있음을 아무도 치우지 못하리라

무제 1

드디어 그는 눈을 감았다 죽음이 미처 그것을 눈치
채기도 전에, 아주 작은 희망과 단순한 미래를 훔치다
들킨 듯이 그의 마른 손가락이 옷소매 사이로 삐죽 나와
있었다

그의 입은 반쯤 벌어져 있었다 누군가 그 최후의 문
을 밀고 들어간 듯이, 짧았던 그의 삶의, 그보다 좀더
커 보였던 육체의 한끝에, 무슨 손잡이처럼, 뭉툭하게
그의 입이 달라붙어 있었던 것이다

쉬이 삶을 들끓게 하던 저 육체 빽빽하고 퉁명스런
식은 난로의 주둥이 감기처럼 찾아왔던 간 의사들 어둠
속에 더듬거리던 낡은 구두와 가방 문밖에 떨어져 쌓인
신문과 독촉장 이제 모두 대지로 보내져야 할 화물들

누군가 손목을 흔들어 죽은 시계를 깨운다 정적으로
부터 깨어난 저녁은 늘 소란스럽다 프라이팬에 덥혀져
다시 기억을 되찾는 지겨운 고기 냄새들 다시 만나자는
전화의 목소리 시든 처녀의 놀라운 회복 거리를 질주하
는 자동차 여기저기 흩어진 음식의 과잉 감정과 노출증
이 심한 접시들 수다스런 그 여자와 함께하는 늦은 저녁
의 쓸쓸한 식사 점점 늙어가는 등불

무제 2

손, 몸에서 던져진 밧줄, 그의 몸을 씻기고 수의를 입히고 가지런히 뉘어진 그의 가슴에 얹혀 있는, 제단 위에 바쳐진 두 개의 촛대, 어깨에서 흘러내리는 가느다란 두 개의 팔, 이윽고 그의 몸은 대리석 덩어리로 그의 혼은 새벽으로 발바닥은 터진 거북등으로 천천히 되돌아간다

상처에 덧바른 회반죽처럼, 거칠게 엉겨붙은 그의 약혼자 떼내는 것쯤 망치질 몇 번이면 족하지 벌써 이층 창문으로 가구가 내려진다 곧 이어 왁자지껄 들이닥칠 술꾼들이 계단을 떠메고 갈 것이다 저 고집 센 현관문은 비평가에게 그가 받은 하찮은 조롱마저 극장에 바쳐질 것이다

새들에게도 몇 장의 유리창이 유산으로 남겨질 것이다 유리창 남쪽 그들이 날아가야 할 먼 곳으로 그의 장례식을 철새들이 이끌고 가야 했기 때문

무제 3

누가 이 촛불을 켤 수 있었을까 식물은 유리 속에 잠들어 있고 화약은 아직 격발을 몰랐을 때, 결혼식은 성대하였다 초대받은 不在者들, 헤아려진 돈, 편력 없는 구두, 10년 동안의 빈 의자, 퍼뜨려진 전염병 그리고 휴일마다 반복되는 지상과 교회와의 굳건한 결혼식, 결혼식은 끝났다 정육점도 공장들도 훌륭히 완성되었다 이제 다시 신부를 데리고 隊商은 먼 나라로 결혼식을 이끌어가리라

……나의 신부여, 내게도 이 결혼식을 준비해다오 이빛, 굽은 술잔을 네게 기울여 흘러가고 이 몸, 유리처럼 차디찬 바닥에 굴러떨어지리니

그가 만든 책은

그가 만든 책은 벽돌보다 더 무겁네 책의 내부는 어
둡고 축축하다네 책의 표지에 끼워넣은 유리창은 그 책
을 들여다보기 위해 만든 작은 창문이었던 것 언젠가 그
책 한번 기웃거렸네 벽에는 스스로 등불이었던 자들이
휘갈겨 쓴, 누군가, 이 책은 유황 냄새가 난다, 고 씌어
있었네 유리창은 노랗게 동상이 곪아 흘러내렸네 죄의
열차를 타기 위해 먼 길을 지친 행렬이 느릿느릿 걸어나
왔네 아직 공장은 어렸네 공장의 그 가느다랗고 여윈 굴
뚝이 검은 연기를 한 줌씩 집어올렸네 그 책은 좀처럼
열리지 않았네 빛으로부터 추방된 흰 종이와 안경뿐인
먼지의 방 매서운 겨울을 피하여 누군가 한철을 쉬어가
곤 했다네 지하의, 인쇄소에 내려가 무거운 납덩이가 되
어 올라오곤 하였네 등 구부러진 의자가 오직 그의 위안
이 되었네 쉼 없이 발걸음 서성거렸네 이 세계는 변화할
것인가, 일생을 두고 감옥을 읽고 간 자의 기록 그 책
참으로 오래 살았네 도서관 가는 길이 긴 장례식이었네
惡貨가 평생 그의 뒤를 쫓았네

태양이 높이 떠올랐지요

태양이 높이 떠올랐지요
공중에는 그의 전용기가 떠 있지요
그는 내려오지요
아이스크림으로 만든
이 도시에서 가장 높은
빌딩의 꼭대기를 맛보기 위해
태양은 몹시 뚱뚱하지요
그는 코미디언이니까
그의 뚱뚱함이 그의 권력이지요
태양이 높이높이 떠올랐지요
세상은 환해졌지요
태양 속에서 캐낸 석탄들이 곳곳에 쏟아졌지요
이윽고 기다리고 기다리던 병원이 떠올랐지요
그곳에는 유명한 의사가 있지요
불치병과 싸우기 위해
환자인 내 아내도 사자처럼 사육되지요
저 높은 공중에는 뜨거운 침대가 있지요
그 침대는 식을 줄 모르지요
나는 기어올라가 쓰러져 눕지요
태양이 높이 떠올랐지요

그의 전용기가 공중에 멈추고
그가 사다리를 타고 내려왔지요
그는 맨발이지요 한때 그 맨발이
그를 유명하게 했지요
지붕들이 비명을 지르지요
그의 발바닥은 아직 성자이니까

꽃

꽃은 검은 옷을 입고 있다
그 옷은 大地로 만들어 입은 것이다
그 옷을 완성하기까지 꽃은
누구에게도 그것을 보여주지 않았다

꽃의 그 옷은 아주 작은 것이다
거대한 대지의 한 조각을
꽃의 겨드랑이에
잎으로 이어 붙인 듯이……
꽃은 발 밑에 붉은
구두를 살짝 내려놓는다

나는 그 작은 꽃을 사랑한다
내 걸음을 멈추게 하고
허리를 구부려 냄새를 맡게 하는 그 납작한 코를

꽃은 훨훨 옷을 입고 들판을
가로질러 아득히 사라져간다
환한 대낮에,
나는 등불을 높이 쳐든다

꽃씨는 그렇게 익어갔다
등불을 검게 달구듯, 까맣게

얼음의 문장 4

물의 거품 속에서 태어나고 있는 공기의 여인들
포도를 익히던 그 뜨거운 바람의 입술들 그러나 포도
의 계절은 갔다
그 어떤 조롱이 거품의 여인들을 살해했을까, 공기에
닿으면 여인들은 죽는다

호리병 모양의 숲속, 숲의 공장들은 물의 폐를 가지
고 있다
물을 펌프질해 올리던 그 푸르던 나무의 운동들
그는 숲의 호리병을 마신다 여기, 죽은 자의 짧았던
호리병을

그리고 그는 물의 지붕 위를 걷는다 물의 높은 언덕
의 철새들 대합실을
물의 가장 높은 꼭대기 새똥의 무덤들을 저기 저 계
단 끝이 바로
한철 우울한 첩자가 숨어 살던 그 다락방? 하루종일
인부들이 벽돌의 빵을
짊어지고 힘겹게 오르던 바로 그곳이 진흙의 불로 구
워 만든 장난감 공작 도시?

얼굴의 진흙이 떨어지고 죽음의 피부 위로 배들이 흘러간다

너무도 많은 문의 공장들의 문이 닫혔고 사람들은 떠나갔다

물 위로 최후의 태양이 지나간다 이제 남은 일은 서기를 불러다

과일 바구니 속의 머릿수를 기록하는 일 벌써 가을이다, 어디선가

소환장이 날아온다 물들의 지붕이 다시 솟구쳐오른다

새들은 가장 높은 곳에서 자신의 몸을 해체한다

오오, 차가움의 심장을 빼앗기지 않으려 얼음으로 결박당한 나뭇가지들이여

얼음의 불에 휩싸인 채 새들은 나뭇가지를 떠난다

새들은 날마다 얼음의 성채까지 날아간다 매일 조금씩 얼음의 성채를 부재의 자리로 옮겨놓는다

얼음의 문장 5

　공기의 딸들아, 딱딱한 공기의 빵들이 너희를 먹여
기를 것이다
　바람이 너희를 가르치리라 너희들 중의 하나가 똑똑
한 목소리로 바람의 책을 읽고
　쓰고 배우며 바람 속에 서약들을 기억하리라 바람의
액자 속에
　흑백 사진을 끼워놓고 어루만지며 오랫동안 떠나지
못하고 머뭇거리리라

　마침내 그는 오래 비웠던 집에 이르렀다 문짝이 떨어
져나가고
　마루의 널빤지가 삐걱거리는 실내를 더듬는 그의 추
억의 내부는
　값싸고 쓸쓸하다 그는 마지막 지폐에 불을 붙인다 따
뜻하다,
　얼음의 붕대에 감긴 부러진 나뭇가지 끝, 추운 손을
오므려 피워올린
　한 장 얼음의 잎, 얼음이 그를 지배하기 시작한다 번
쩍거리는 얼음이
　죽어 있던 그의 내부를 환히 비출 때,

그는 두 번의 차가움의 밤을 지나 어느덧 삼중의 밤 속에 있었다

눈이 감겨지고 상처의 밤에 싸인 채 그는 다시 한번 불 속에 매장되었다

붉은 공기 속 진흙의 불에 가지런히 정돈된 신부의 얼굴을

똑똑히 볼 수 있었다 죽은 자의 이 철면피! 그 부재를 확인하기

위하여 그는 수십 번 결혼의 반복 행위를 즐겼다

그는 다시 나타나리라 그 흔한 물들의 사원으로, 물들의 버스가 지나갈 때

사람들은 잠시 걸음을 멈추고 천진한 아이들은 손을 흔들리라

화폐는 공기로 바뀌고 휴일날 광장의 공기의 사원에는 사람들로 붐비리라

그는 여전히 잠들어 있으면서 도피중이었으리라 머리맡 커튼이

도끼날처럼 떨어지고 누군가 땅에 떨어진 그의 머리

를 들어올리고

열광하던 군중들도 돌아가고 다시 단순한 것들이 생
활을 지배할 때,

그들이 오고 있다, 부재를 높이 떠메고

점점 가까이 들려오는 그들의 발자국 소리 그들의 말
소리

그들이 왔다, 실재하지 않는 사람들

물방울 하나가 공중에 떠 있다 물방울이 도시를 천천
히 뒤엎는다

아름다워라, 그의 눈 속 물방울 속 뒤집혀진 도시들

멀리서 기적이 울렸네

멀리서 기적이 울렸네
도시는 환영에 들떴네
호텔들,
하룻밤
마구간으로 바뀌었네
그 열차 서서 잠들었네

그 열차 아름다운 감옥이 있네
속력은 아름답다네
얼핏, 그 아름다움이 차창을 가렸네

열차에는 늙은 화산도 있네
이따금 그는 젊었을 때를 회상한다네
한때 그의 직업이었던,
검은 분화구를 들여다보네
목구멍 깊이 아스피린 집어삼키네

그 열차 언제나 시끌시끌하네
혁명가들은 앞자리를 좋아한다네
그 짧은 열차의,

한 순간에도
우리들 마지막 왕을 뽑네
곧 그의 목이 필요할 때가 오네

그 열차에는 금세 새 애인이 생기네
지루할 때 아무 곳이나
발길질해보게
금방 침대가 튀어오르네
속력과의 사랑 급속히 가까워지네

열차는 쉬임 없이 달리네
그러나 아무리 빨리 달려도
속력은 부자와
가난뱅이를 뒤바꾸진 않네

아직 그 열차 앞은 보이지 않네
좀더 빠른 속력을 얻기 위하여
누군가 조금씩 돈을 더 걸네

열차는 기적을 울리네

돼지들은 목이 쉬었네
칸마다 불안이 우글거리네
오, 그 귀한 술도
이제 피투성이로 변했네

유리창

아침이면 그녀는 내 집을
찾아온다 외투를 벗어 걸고
청소를 시작하는 것이다
세탁을 하고
물을 끓이고
가구를 닦다가 비로소
누워 있는 내게 눈길을 보낸다
나는 그녀의 세번째 가구쯤 되는 것이다

방안의 가구와 물건들은 금세
유리로 변해버린다 오늘은 실내
분위기를 유리로 바꾸고 싶었어요
유리는 땀을 흘리지 않는다
유리는 신음 소리가 없다

나는 곧 병이 나아 일어날 수
있을 거라고 그녀가 말했다
내게는 아무것도 보이지 않지만

내 방에는 두 개의 창문이 있다

나는 늘 누워 있어야 했고
한번도 그 창문을 연 적이 없지만
그녀가 돌아가고 난 후,
正午의 충만된 바깥 공기가
얼마나 방안을 기웃거리고 싶어하는지
난 느낄 수 있었다 내게로
두 개의 유방이 부풀어오르듯

나무들 비탈에 서다

바람 사나운 날 절벽에
나무 한 그루 매달려 있다
그곳은 賃金이 높은 곳이지
그 높은 빙하에 매달려
유리창 닦는 일 쉬운 일은 아니지

나무는 좀더 높은 곳에 집을 지으려 한다
그곳을 식탁을 메고 오르지
초대받은 사람들 썩은 두엄으로 만들지

절벽은 미끄럽다
절벽의 뱃사공 쉬임 없이 노를 젓는다
그 꼭대기를 헤엄쳐 건넌다

여전히 나무 절벽에 매달려 있다
나무의 등이 구부러진다
어떤 나무는 온몸이 마비되고서야 잎을 피운다

나무 매달려 있다
금목걸이에

싸늘히 식은 철사줄 올가미에,
그것이 그의 유일한 직업이니까

그대 몸 속 동물원

이 가는 유리 막대,
그에게로 가는 다리
그에게로 건너가는 무지개

나비 한 마리, 그 가는 막대기로
그를 쿡쿡 찌른다 그 육체의
가는 회초리로 대지를 때린다

그는 지쳐 쓰러져 있다
몇 개의 산을 넘어 달려왔던 것,
구두 끈을 풀자마자
구두 속에서 야수들이 뛰쳐나온다

그의 외투는 사자에게서 빌린 것이다
그의 집은 숲속에 있다
포효 소리는 부엌에서 만들어진다

그의 눈은 공중에 떠 있다
구름은 좀처럼 발톱을 드러내보이지 않는다
먹이를 보면 구름은 활처럼 휘어져 들판을 쏘아간다

그는 쓰러져 상처에 울부짖는다
뿔을 집어던진다 풀 모두 뜯어먹힌다
그의 세계를 되새김질해 검은 것으로 토해놓는다

이 가는 유리 막대,
그에게로 가는 다리
그에게로 건너가는 무지개
풀밭에서 뛰어노는
주사기 속 이 순한 양 한 마리

城門 밖 여인숙

나는 엿들어 알고 있지 그들 간통의 밤과 장소를
이층 방 오르는 계단은 언제나 절망의 습관이 남아 있어
천천히 계단의 허리를 꺾어 눕혀야 한다
그러면 허리 구부정한 권태가 들어와 내 구두를 벗겨
주겠지

좁아터진 이 거리의 간판을 읽을 수 있다면
약속보다 밤은 몇 시간 앞당겨 찾아올 수 있었을 텐데
밤의 풍요한 사막을 세리의 낙타들은 세금을 걷으러
다니고
이윽고 불이 꺼지고 죄의 창문이 한 여자를 빼앗아
갈 때

흰 종이 위에 번식하던 연애 감정들아
광기의 지붕을 부풀리던 비탄의 덩어리들아, 저 구름
에게서
내 술 한잔 빌어 그대에게 바칠 수 있다면

절망은 내 유일한 교사였다
내 그토록 오래 악취 나는 공장을 피해왔으나

어디 악법에 들키지 않은 교회가 있었으랴 이제까지
그 어떤 종교의 습속이 저렇게 많은 공장을 세울 수
있었으랴

텅 빈 이 세계의 편력 없는 바람이여,
내 구두는 이미 절망의 습관을 잃어버린 것 아니냐
성냥불 한 개비로 어찌 이 밤 저 외로운 자의 傳記를
감당하려 하느냐

성문 밖 자라지 않는 나무들 뜬눈으로 밤을 새운 정
원의 나팔수들
젊어서 너무도 일찍 왕이 된 자들에게 나는 이렇게
충고한다
평소의 악을 항상 가까이 두라고, 어떤 법칙도 저 하
늘의
별보다 더 많을 상인의 이름을 밝혀주지 않으리니

얼음의 문장 14

그는 나뭇가지 속에 매장되었다 나뭇가지들이 그의
몸 안에서 길을 찾기 위해 서로 격투를 벌였다 그들의
오랜 무기였던 횃불을 밝혀 든 채,

탁, 탁 불꽃은 격렬한 소리를 내며 탄다 불꽃이 그를
높이 치켜올린다 다른 해안, 다른 새벽으로 그를 밀어보
내기 위하여

마침내 그들은 노 젓기를 멈춘다 새들이 얼어 떨어지
는 높은 곳에서 그의 늙은 손, 그 노를 가슴에 얹어놓은
채

이제 오랫동안 뱃사람들은 그를 기억할 것이다 그의
혼을 외쳐 부르던, 그의 몸에 달라붙은 조개 구멍들이
그 치명적인 항구를 보여줄 것이다

습관의 힘

그 방안의 가구들은 덧없고 느린 삶을 살아간다
겸손은 가장 최근에 들여온 새 가구이다
그 방의 옷장은 골짜기에서 천천히 떠밀려온 눈사태
처럼 오래 되었다

지난 수십 년간 집주인은 방세를 올린 적이 없다
금빛 벌레의 오랜 잠은 한여름으로
운반된 얼음 덩어리처럼 꿈쩍하지 않았다

밖에서 보면 그 집은 더욱 아름다워 보인다
구름이 聖者의 입으로 흘러들어가듯
그 집이 신었던 그 많은 구두 켤레들!

그 집에는 한동안 惡行이 머물렀었다
그것은 한때의 유행이긴 했지만
비둘기도 그 지붕을 신성한 법정으로 여기곤 하였다

그 방의 가구들은 한없이 느린 삶을 살아간다
겸손은 저마다 굳은 등짝을 갖고 있고
습관은 오래 된 현관처럼 너덜거렸다

休 日

휴일이면 이 도시는 아이스크림으로 녹아내린다
텔레비전은 설탕 덩어리로 변해버리고
비누와의 부드러운 사랑 흘러넘치고
질주하는 차바퀴 오렌지 향기를 날린다

휴일이면 종교도 배낭 속으로 옮겨가버린다
어느 일행에게 잘못 광야를 가리켜주는 것
산꼭대기에 올라 보트를 뒤집어엎는 일
외따로 격리된 환자 수를 헤아리는 즐거움

휴일이면 여전히 새똥은 동상을 모욕하고
술집은 금광처럼 번쩍거린다 공원에 가
먹이를 던져주는 일 그것은
단순한 여가에 지나지 않는다
비둘기들 급료는 이미 지불되었다

으레 그런 날이면 몇 개씩의 회사가
죽어나간다 그건 아주 사소한 일이다
죽은 회사는 유니폼이 벗겨진 채
마네킹처럼 길 옆 모퉁이에 비스듬히

세워져 있다 누군가 급히 택시를 부른다
마네킹은 택시에 실린다 뒤트렁크에
다리 한 짝이 덜렁거린다 황황히 택시는 떠난다

위층 사는 코끼리씨

우리 바로 위층에 코끼리가 살고 있다
그는 늘 부르릉거린다
지붕을 빨아 이윤을 만들고
좌변기에 걸터앉아
이 도시의 사막을 건너곤 한다

코끼리의 코는 짧다
쓸모 없는 건 퇴화하게 마련이니,
여자들은 심플한 그의 코를
핸드백 속에 넣어 다니곤 한다

최근 그는 의자 하나를 고용한 적이 있다
거대한 대륙 같은,
굳어가는 그의 엉덩짝을 앉히기 위해

그는 발목에 시계를 차고 다닌다
그가 아무리 조심히 걷는다지만
아래층 사람들은 매일 아침 그들을
깨우는 알람 시계 소리를 듣는다

그는 아래층에 내려와본 적이 없다
가끔씩 그는 이곳 휴양지엘
가보고 싶다고 편지에 쓰곤 한다

그의 배변 습관은 늘 요란하다
고통스럽게 그는 한 무더기의 똥을 싸놓는다
그리곤 변기 뚜껑을 닫는다
아침마다 변기 속 그만한 크기의 작은 신문사를

소금 도시

떨어져 나무의 썩은 발가락을 감싸는 나뭇잎
나뭇잎이 진흙의 형상을 기억하고 있다면
나뭇잎은 나무를 교회로 덮으리라
하여 너희 늙은 산파들, 그곳 흑인의 거리를 통과한
적이 있지
지금 그곳에는 검은 지붕 검은 피부에서 태양이 뜨지
검둥이 아이들이 놀고 있지

너희 늙은 산파들, 그 도시를 기억하겠지 밤이면 가
끔씩
악당들이 빌딩을 뒤지기도 하고 혈통 나쁜 개들이 악
착같이
바지를 물어뜯던 곳 늙은 쥐가 꼬리를 끌 듯 게으른
운구 행렬이
지나가는 악취 나는 좁은 골목에, 사업가들의 동전이
향수처럼 뿌려지던 곳,
그런 곳에 교회를 세우고 밀교를 퍼뜨렸지

다시 너희 늙은 산파들, 거친 밤바다 불의 복면으로
들이닥쳤지

입술로부터 감옥을 빼앗고 얼굴에 늙은 거미줄을 치
게 하고
교회의 딸을 유혹하고 멸망을 약속했으면서도 일순의
번개로 무시무시한 도시를 만들기도 하고
난 이 도시에서 오랫동안 소금을 캐왔다 거친 밤마다
교회와 성교하고
이제 무덤보다 교회가 더욱 많으니 내가 하는 일은
바람 속에 물고기 뼈를 묻어주거나 죽은 벌레의 날개
를 떼어주는 일
노새야, 내 마음속에 처박힌 수레바퀴를 끌어내다오
너희 늙은 산파들, 그대들의 악기를 울려 타락한 물
방울들을 튕겨내다오

다시, 문 앞에서

아가야, 골목을 흐르는
저 독경 소리마저
네겐 자장가로 들리니?
칭얼대다가도 때가 되면 너는
잠들 줄 알고
홀연히 깨어나면
돌아누운 고단한 내 등뒤에서 너는
남남으로 헤어질 줄 알아
길 찾아 헤매다 보면 거북등처럼 터진
골목 밖은 아득한 서역
떠나가도 가도
출가의 길은 더욱더 멀고
문득 돌아보면
인연은 길 옆에 비껴선 무심한 돌부처인데
헤어져 만리 길
우리는 어인 업으로 다시 만나
내 병든 얼굴,
너의 눈물
꿰어 내 목에 걸어주고
한 자락 바람처럼

잠시 문밖 걸음 멈췄다 떠나가는
저 은은한 독경 소리

나 비

훨훨 날아갔었지 건들바람 따라
봄의 문턱을 넘어
기립한 깃발들이 나부끼는 언덕을 지나
잊혀진 거리 한 모퉁이에
꽃이라 하여 이제 막 피어나는 스무 살
옷고름을 뜯어놓고
내야 몸뚱이 하나로 냅다 세상 내질러버리고
세상 넘나드는 뜨내기 건달이지
흐득이는 젓가락 장단에 취하여
어깨춤 휘적이며 꿈속으로
꿈속으로 떠나버렸을 때
허기진 입덧을 달래느라
피칠한 입술로 달빛을 퍼마시던 그녀가
꽃잎 같은 엽서를 한잎 두잎 띄워보내던 날
찢기고 해진 나래 너풀거리며
정말 오랜만에 되짚어 돌아왔지
수천 수만의 꽃그림자가 어른어른 날아오르던
그 꽃자리에는
기다리다, 애태우며 기다리다
새카맣게 가슴이 오그라진 씨앗 몇 알 남았으리니,

기다리거라 가시에 매달려
깊은 겨울잠에 떨어지는 쑥구렁 새끼들아
명년 화창한 봄날이면
내 너희 찾아 다시 오리니
아, 이 노곤한 시절에 어느 누가 기억이나 하겠느냐
너울거리는 갈지자걸음으로
만고강산 넘어가는 이 나비의 춤사위를

자정의 결혼식

　자정의 결혼식이 완성되어 나는 너의 몸에 누워 최초
의 밤을 이루었다
　나는 너의 귀에 대고 시간의 첫 발자국 소리를 들었고
　너의 혀를 깊숙이 깨물어 나뭇잎을 피워내고
　손톱에 피맺히도록 너의 머릿속에 손을 묻어 사막의
머리칼을 쓸어주었다

　나는 빵에 대고 서른 번 죽은 사막의 이름을 불렀다
　모래의 커튼을 찢어 비둘기들이 훔친 그 밤의 상처를
감싸주었다
　그리하여 몇 번씩 부재를 묻기 위하여 밤의 열차가
달려왔고
　그 밤을 향하여 모래의 등불이 파도를 넘어 달렸다

　나는 보았다, 네가 자정을 넘어 날아가는 것을
　격렬하게 찢어지는 모래알의 고통으로 너는 사막에
옷을 벗어던졌다
　입구 없는 사막의 울타리 속, 발톱을 감춘 이 차가운
돌의 피와 살덩이!
　오오, 네가 폭풍의 검은 날개를 펼칠 때
　나는 창문에 부서진 너의 얼굴을 보았다

지하 생활자

겨우내 파먹은 김칫독을 꺼내다
땅속에서 방 속의 방,
모서리 닳은 둥근 지하의 방을 들어올렸다
깨진 틈으로 들여다보니
먹다 남긴 한 포기 김치처럼
추위에 절어 있는 사내가 웅크리고 있어,
그 동안 그곳에서 무얼 먹고 지냈습니까?
희미하게 웃는 그의 입가에서
물씬 신 김치 냄새가 풍겨나왔다

해고된 후 오랫동안 잠만 잤지요
등 밑이 따스했습니다
이른 봄날 아침, 모락모락
김 나는 땅을 파헤쳐보니
조그만 애벌레가
웅크리고 누워 있었습니다
날 풀리면 3공단에서 다시 만납시다
못다 이룬 잠을 위하여
흙을 도로 덮어주었습니다

강

강물이 스르르 흘러와
나를 묶어놓고 묶어놓고 흐르지 않는다
눈앞에는 무심한 빈 배만 오락가락
물 위에 드리워진 허연 수염발은
휘휘 늘어져 삼천 척
얼마나 잠이 깊어야
저렇게 파란 고기눈으로 뜨일런가
밭은 입질로도
찌 한 점 흔들어 깨우지 못하니
사공이여,
갈 길은 먼데
어느 월척을 기다리는지
꿈결인 듯 점점이 靑山이 떠내려와
굽이를 이루고
멀리 기슭까지 갔다 돌아오는
물결의 이마를 만져보니
어느덧 주름진 한 甲子!
아, 편편이 노니는 저 흰 물새들이
물살 한 부리씩 긋고 날아가
절벽을 친들

잠시 잠 깬 이승의 내력을
어느 시절 다 쪼아 새길 수 있을꼬

차라리,
이 목을 치소서

달맞이

달을 쳐다보기만 하여도
아이를 배는
불길한 여자들이 있다

검거 선풍이 불던 날 뻔히 알면서도
달이 무슨 희망이라고!
뜨다 잡히고 떴다 잡히고

임신 중독에 얼굴이 뚱뚱 부은
임산부가 몸을 풀고 앉아
독기를 몰아내듯

달을 빨아들였다가
달을 내어뿜는다
화──, 이 향기

다시 달을 빨아들여 마셨다가
달을 내어뿜는다
달이 점점 커진다

탯줄을 몸에 감고
뒹구는 달 속 아가야
거기서 바라보는 우리들
얼굴은 얼마나 낯간지럽더냐

어서 나오너라 아가야
좁은 문 앞에서
너를 기다리고 있단다

이 향기, 너를 보기도 전에 벌써부터
천방지축 날뛰는 이 향기
벌름벌름 코가 솟는다
아무 가랑이에나 비비고 싶은
벌름거리는 이 향기의 뿔

달을 아주 깊이 빨아들였다가
잠시 숨을 멈추고
커져라 희망이여,
경찰 국가에선 무엇이건 보호받는다

돌

돌을 돌로 친다
단단한 것은 단단한 것에 의해
다스려질 수밖에 없다

어디서 튕겨 날아왔는지
한 여자를 쓰러뜨린
모진 돌멩이 하나

오래 쥐고 있으면 손안의 돌도 따뜻해진다
돌 속으로 흘러가는 실핏줄들
돌에도 귀가 있던가, 출렁거리는 강물 소리

다친 자들끼리 모여 강가
자갈밭의 돌 뒹구는 소리
둥글게 닳은 돌멩이 하나, 또 하나
오랜 세월 마주보고 앉았다

돌아오지 않는 날들을 위하여

　방금 잘려진 손가락 하나가 피를 뿜으며 이 지상을 떠나고 있다 채 마르지 않은 혈서를 품속 깊이 숨긴 채 잘 가거라 붕대에 감겨 혼절해버린 날들이여 떠나가 돌아오지 않는 미래의 날들이여,

　누군가 성한 한쪽 손으로 손을 흔든다
　나는 내 손가락을 세어본다

별은 멀리서 빛나고

짐승이 그의 상처를
들여다보고 있다
그의 상처를 핥고 있다
가뭄이 오래 든 자리는
가뭄의 흉터 같은
깊은 샘물을 남기듯,
그 상처를 보면 그 동안
싸움이 얼마나 치열했는지
알 수 있다

상처 속에서 피어난 꽃들
그 몸으로, 짐승처럼 그 몸으로
한아름 꽃을 안고 그대로
쓰러져 꽃밭이 되었구나

꽃이 꽃씨를 떨구듯
아픈 상처의 딱지가 떨어지듯
어둡던 몸 속으로 떨어지는
별 하나,
잠시 아픔도 잊고 환해지는 몸

지금 그 별은 멀리서 빛나고 있지만
누구나 별처럼 빛나는
아름다운 상처를 가지고 산다

얼음 세상 속 찬 불길
—— 송찬호의 시와 상징

김   주   연

I

달은 이제 겨우 "추억의 반죽 덩어리"가 되어버렸다. 달아 달아 밝은 달아 이태백이 놀던 달아, 는 더 이상 없다. 「달의 몰락」이라는 유행가도 있다던가. 송찬호에게서 하여간 더 이상 달은 시적인 아름다움으로 나타나지 않는다.

　달은 바라만 보아도 부풀어오르는 추억의 반죽 덩어리
　우리가 이 지상까지 흘러오기 위하여 얼마나 많은 빛을 잃은 것이냐

「달은 추억의 반죽 덩어리」에서, 송찬호는 그의 다른 어느 시에서보다 훨씬 직접적으로 그 사정을 고백한다. 빛을 잃은 달——더 이상 하늘 위에서 목가적인 서정의

대상으로만 있을 수 없어 지상에 내려온 달은 이제 추억 속의 달이라는 자리에 놓이게 된 것이다. 인용된 부분 앞뒤에 그 구체적인 정황이 보다 잘 드러난다.

누가 저기다 밥을 쏟아놓았을까 모락모락 밥집 위로 뜨는 희망처럼
늦은 저녁 밥상에 한 그릇씩 달을 띄우고 둘러앉을 때
달을 깨뜨리고 달 속에서 떠오르는 고소하고 노오란 달

달의 몰락은, 달이 밥으로 보이는 데서 우선 비롯된다. 아마도 시인은 지독히도 배가 고팠던 모양이다. 하늘의 달은 깨지고, 그리하여 노오란 달이 떠오른다. 시인은 달을 먹는다. 달은 꽁꽁 뭉친 주먹밥이 된 것이다.

먹고 버린 달 껍질이 조각조각 모여 달의 원형으로 회복되기까지
어기여차, 밤을 굴려가는 달빛처럼 빛나는 단단한 근육 덩어리
달은 꽁꽁 뭉친 주먹밥이다 밥집 위에 뜬 희망처럼, 꺼지지 않는.

지상에 떨어져 밥이 되어버린 달의 왜곡된 이미지는 송찬호의 시에서 빈번하게 나타나는 분위기이다. 달과 관련된 부분들을 뽑아 읽어보면,

1) 어두운 밤길을 가던 사내가

갑작스런 달빛에 찔려 비틀거린다
달빛, 달빛, 칼빛

아버지가 떠나던 날부터 어머니는
은은한 달빛이었습니다
어느 달 밝은 밤 그 아버지를 만났습니다
아아, 그곳에도 아버지를 바라고
달이 하나 떠 있었습니다
차마 그를 찌르지 못하고 돌아섰습니다
　　　　　　　　　　　——「달빛 밟으며」 중간부

2) 달을 쳐다보기만 하여도
아이를 배는
불길한 여자들이 있다

검거 선풍이 불던 날 뻔히 알면서도
달이 무슨 희망이라고!
떴다 잡히고 떴다 잡히고

〔⋯⋯⋯⋯〕

달을 아주 깊이 빨아들였다가
잠시 숨을 멈추고
커져라 희망이여,
경찰 국가에선 무엇이건 보호받는다
　　　　　　　　　　　——「달맞이」 앞, 뒷부분

1)에서의 달빛은 "엄마의 젖"이다. 여기서 "달빛은 온 세상에 환히 퍼져 흐르"는 것으로 나오는데, 그것은 물론 가난한 엄마의 젖을 빠는 아이의 행복이다. 실제로 하늘의 달빛이 환한 것은 아니다. 그렇기 때문에 어두운 밤길은 여전히 "어둡다." 그런데 그 달빛, "갑작스런 달빛에 찔려" 사내가, 즉 아이의 아버지는 떠나간다. 그것은 물론 가난 때문에 죽은 아이의 아버지일 것이다. 그 이후 "은은한 달빛"이 된 어머니. 이 표현으로 우리는 어머니가 이 가정의 생계를 맡게 되었음을 알게 된다. 어머니 역시 가난에 허덕이면서 쓰러질 듯 쓰러질 듯했으나 간신히 버텨오고 있음이 "차마 그를 찌르지 못하고 돌아섰습니다"는 구절 속에 드러난다. 1)의 끝부분에 이르면 이 어려운 생계는 시인 자신에 의해서도 감당되고 있음이 알려진다.

> 밤길을 걷는다 옆구리에서 새어나오는
> 달빛을 움켜쥐고
> 휘청거리며 걸어간 그 옛길을
> 달빛이 무디어질 때까지 달빛을 밟으며
> 오늘밤엔 내가 그 길을 간다

이처럼 밥이었던 달은, 「달맞이」에서 약간 변형된다. 달은 여기서 남성성, 혹은 성적 사물의 상징으로 등장한다. 달을 쳐다보기만 하여도 아이를 배는 여인들, 남성다움을 드러내는 행동이 검거 선풍과 연결되는가 하면,

아예 관능적인 장면이 나오기도 한다. 예컨대「달맞이」
의 중간 부분은 이렇다.

　　임신 중독에 얼굴이 뚱뚱 부은
　　임산부가 몸을 풀고 앉아
　　독기를 몰아내듯

　　달을 빨아들였다가
　　달을 내어뿜는다
　　화——, 이 향기

　　다시 달을 빨아들여 마셨다가
　　달을 내어뿜는다
　　달이 점점 커진다

　　탯줄을 몸에 감고
　　뒹구는 달 속 아가야
　　거기서 바라보는 우리들
　　얼굴은 얼마나 낯간지럽더냐

　　달의 이러한 상징성은, 나로서는 송찬호 이외의 시인
들에서 발견한 기억이 없는, 말하자면 송시인 독자적인
선택이다. 상징이란 역사적·신화적·사회적인 성격이
개입되어 있지 않을 때, 시인의 자의적(恣意的)인 것이
될 수밖에 없는데, 이 경우 시인은 다양한 이미지들을
통하여 그 상징 구축을 이루어야 한다. 시인은 자기 나

름대로의 상징을 얻으려고 하지만, 이러한 배경이 배제
된 상황에서 독자적인 이미지 전개가 이루어지지 않는
다면, 그 시는 공허하게 울릴 수밖에 없다. 송찬호의
'달'은 이 경계 위에 아슬아슬하게 걸려 있다. 그러나
중요한 것은, 그의 '달'이 이미 "지상"의 달이 확실하다
는 사실이다.

　땅으로 떨어진 달, 그것을 밥이나 섹스로 바라보는
시인――송찬호 시의 출발점은 여기에 있다. 그의 절
망, 그의 좌절, 그의 야유는 그러므로 구체적이며, 그의
상징 공간은 현실과 밀착해 있다.

　　　　　　　　　　　　　　　　　Ⅱ

　연작시 「얼음의 문장」은, 송찬호의 시적 상징들이 얼
마나 현실 파괴, 혹은 현실에 대한 비극적 인식과 관련
되어 있는지 극명하게 보여준다. 말하자면 그 상징은,
그 극복의 눈물이다. 그것도 강인한 눈물.

　1) 누가 밟았기에 계단이 저렇게 꺾였을까, 악마가?
　　꺾였다 다시 일어나는 저 완강한 악마의 계단들
　　난 계단과 싸운다

　2) 그는 불붙는 계단과 싸우고 있었다
　　소리를 지르며 계단이 괴물처럼 일어섰다 쓰러졌다
　　장미가 발생했다, 장미의 가시로 불길을 막아내며

　3) 그토록 싸웠던 계단에서 그는 모습을 감췄다

그는 자기의 몸을 꺾어 몸 속에 집어넣었다 그렇다,

몸 속에 처박힌 계단을 통하여 그는 내부의 사원으로 사라져갔다

4) 물의 거품 속에서 태어나고 있는 공기의 여인들

포도를 익히던 그 뜨거운 바람의 입술들 그러나 포도의 계절은 갔다

그 어떤 조롱이 거품의 여인들을 살해했을까, 공기에 닿으면 여인들은 죽는다

5) 공기의 딸들아, 딱딱한 공기의 빵들이 너희를 먹여 기를 것이다

바람이 너희를 가르치리라 너희들 중의 하나가 똑똑한 목소리로 바람의 책을 읽고

쓰고 배우며 바람 속에 서약들을 기억하리라 바람의 액자 속에

흑백 사진을 끼워놓고 어루만지며 오랫동안 떠나지 못하고 머뭇거리리라

「얼음의 문장 1」부터 「얼음의 문장 5」에 이르는 다섯 편의 시들 가운데 첫머리 부분들이다. "얼음의 문장"이라는 말도 그렇지만 뜬금 없이 등장하는 "계단" 역시 사뭇 돌발적이다. 송찬호의 언어들은 이 돌발성이 가장 큰 특징이라고 할 수 있는데, 그것은 신화적·역사적 맥락의 범주 밖에 있기 일쑤이기 때문에, 이해가 썩 용이하지 않다. 대체 '계단'은 무엇일까? 그 계단은 악마에 의

해 꺾인 계단이며, 시인이 결국 그것과 싸우게 되는 계단이다. 이런 종류의 상징은 우리 문화 속에서 아주 낯설다. 사원 혹은 교회를 연상시키는 서구적인 어떤 사물이다(달리 다루어야 할 일이겠지만, 송찬호에게 있어서 종교의 문제도 중요한 한 시적 모티프가 된다). 어쨌든 악마의 계단과 '그'는 싸우는데 2)에 오면 계단이 일어섰다 쓰러졌다 하는 과정에서 "장미"가 발생하였다는, 또 다른 돌발적인 보고를 행한다. 그 결과 "장미의 가시"로 불붙는 계단과 싸운다는 것이다. 3)에서 '그'는 자취를 감추는데, '그'는 자기의 몸을 꺾어 몸 속에 집어넣었다는 것이다. 그리하여 그는 "내부의 사원"으로 잠적한다. 여기에 이르면 예의 돌발성은 어느 정도 해소된다. 몸을 꺾어 몸 속에 집어넣는 행위가 시인 내면으로의 회전이라면, 몸 밖, 즉 계단과의 싸움은 외부에서의 투쟁이었을 것이다. 그렇다면 '계단'은 성취·달성과 같은 어떤 목표로 가는 길이었을 것이다. 그리고 그 길은 적에 의해 방해·저지·억압되는 고난의 길이었음이 밝혀질 수 있다. 그러나 「얼음의 문장 1」의 중간 부분 내용을 보면 문제는 그리 간단치 않다.

　　치유할 수 없다 탁발승의 굳은 발바닥아 수도승의 돌대가리야
　　더러운 성병에 걸린 그 여자를 놓아다오
　　냄새 나는 음부야 썩어가는 다리야, 와서 이 결혼식을 즐겨다오
　　이 끔찍한 不在의, 가시 돋히도록, 거칠게나마 나는 그 가

시로

밤을 둘러칠 것이다 그 가시로 밝힌 붉은 밤들을 서약할
것이다

오, 부재의 처녀지! 난 신부를 끌고 그 밤의 골짜기를 건
널 것이다

성병에 걸린 여자, 냄새 나는 음부, 썩어가는 다리 따
위를 불러 시인은 결혼식, "이 결혼식"을 즐겨달라고 말
하는데 그 더러운 대상과 '나' 사이에는 기묘한 일치감
이 놓여져 있다. 요컨대 더럽게 묘사된 그 여인은 시인
자신, 혹은 그의 여인이다. 한없이 낮고 추한 현실 속의
자신이 위악적인 모습으로 표현되고 있는 것이다. 그러
나 물론 시인은 그 현실을 자신의 것으로 수락하고 있지
않다. 차라리 그 현실은, 아직 정체가 드러나 있지 않은
어떤 세력 쪽의 것이다. 그 세력은 앞부분에 나타난 계
단을 꺾은 악마일 수 있다. 이때 이 싸움을 화해시켜야
할 탁발승과 수도승은 "굳은 발바닥"과 "돌대가리"로 매
도된다. 여기서 시인이 타락된(그러나 그것은 악마에게
보내는 역설임을!) 자신을 지키며 싸울 수 있는 방법은
작은 가시밖에 없음을 우리는 알게 된다. 시 뒷부분에서
"장지 사람들에 의해 나는 그녀의 몸 속에 매장되었다"
는 구절이 나오는데, 사실 이때부터 이미 시인의 "내부
의 사원"으로의 잠적은 준비되고 있었던 것이다.

따라서 「얼음의 문장 2」에서 "장미의 가시"로 불붙는
계단과 싸우는 '그'의 모습은 절반쯤 내면화된, 혹은 여
인과의 동행이라는 방법 속에 발견된 투쟁 형태이다. 2)

의 다음 부분을 보자.

　　앞으로 가시가 유행하리라, 그토록 환했던 부재의 발생지
였기에
　　그는 그 부재의 가시에 찔렸다 중독이 되도록 수없이
　　그는 아편쟁이였다 팔뚝 속에서 흡혈의 채찍이 꿈틀거렸다

　　부력을 잃은 구름들이 바닥 여기저기 내동댕이쳐져 뒹굴고
있다
　　그는 구름을 읽는다 그것들은 아직 끝나지 않은 어제였고
　　어제까지 유행하던 매장의 풍습이었다
　　꺼져라, 더러운 시체더미들 그는 구름들을 걷어찬다
　　그는 부재의 아름다움을 알고 있었다
　　죽어 있음을 끝까지 거부하였다

　　'부재'는 밖의 계단과의 싸움 현장으로부터 물러선
시인 자신에 대한 일종의 자조(自嘲)이다. 그러나 시인
은 글자 그대로 부재일 수는 없다. "그는 그 부재의 가
시에 찔렸다"는 표현은 완전히 물러설 수 없는 시인의
싸움 형태, 즉 문학적 알리바이를 증명한다. 그는 '부
재'를 통하여 '존재'를 확인하고 있는 셈이다. "그는 부
재의 아름다움을 알고 있었다"고 한 다음 "죽어 있음을
끝까지 거부하였다"고 말하고 있는 까닭은 이것이다. 악
마의 계단과의 싸움에서 내면의 시로 돌아오는 과정은
이 작품의 다음과 같은 끝부분에서 상징적인 함축을 얻
는다.

그들은 계단을 팔았다 부재의 꼭대기까지, 부재의 사원이
거기 있었으므로
　　그들은 악착같은 상인이었다 바다 없는 세계에서 배를 생
각해냈으니
　　부재를 높이 떠메고 그들은 그곳을 향하여 나아갔다
　　그들의 몸이 수의로 천천히 젖어들어갔다 다른 해안이었다

　　송찬호에 의하면 시인은 "악착같은 상인"이며 "바다
없는 세계에서 배를 생각해"낸 자이다. '부재'라는 다소
생경하고 관념적인──사실 시대적으로는 좀 낡은──
낱말을 쓰고 있는 것이 독서에 걸리기는 하지만, "다른
해안"에 상륙한 시인의 생명을 축하하지 않을 수 없다.
비록 '부재'의 방법론이 굴욕스럽고 처절한 항해였다고
하더라도, 살아 남기란 원래 얼마나 힘든 것이랴. 그
"다른 해안"의 풍경은 「얼음의 문장 3」의 중간 부분에
잘 나타나 있다.

　　이제 그는 어제라 불릴 것이다 그에게 상처입힌 것이 수의
였다고
　　밤의 사람들이 메고 온 혼례의 옷을 실은 밤의 궤짝들이
실은 그의 매장지였다고
　　나뭇가지들이 그를 높이 쳐들고 운반해갔다
　　새소리도 들리지 않는 높은 곳에서 그는
　　차가움을 빼앗기지 않으려 꼼짝 않고 누워 있었다

눈물의 딱딱함과 단단한 벽돌의 빵들, 그는 모든 것을
어제로 바꾸었다 그의 몸이 얼음으로 터져 빛났다
이따금 바람이 불고 낯선 거리 끝에 미끄러운 공포가
나타나 얼음의 문장을 읽고 지나가곤 하였다

　어제 그는 죽었다. 그러나 그의 매장지에서 그는 오
히려 다시 살아난다. 그에게 중요한 것은 차가움을 빼앗
기지 않으려고 꼼짝없이 누워 있는 일이기에, 그곳은
"새소리도 들리지 않는 높은 곳"이다. 송찬호의 시는 그
러니까 그곳에 있다. 새소리도 들리지 않는 곳이 과연
시인이 사는 곳일까. 그곳에서 씌어지는 시의 문장이 우
리를 사로잡을 수 있을까. 우리는 이러한 질문을 여기서
이 시인에게 던질 수 있다. 시인의 고백은 이때 그의 시
가 "얼음의 문장"이라는 것이다. 그의 몸은 얼음으로 터
져 빛났다고 하지 않던가. 서정시가 죽은 시대에 많은
시와 시인들이, 폭탄이 터져 죽은 강물 속의 물고기처럼
이리저리 떠오르고 있으나 송찬호는 그 현실 속을 자신
의 몸으로 기어들어가 다시 빠져나오면서 객관화하고
있다. 얼음의 문장은 그 객관화의 이름이다. "빈사의 빈
집"에서 "그 최후를 지켜보던 몇 개의 기둥들"을 시인은
건져내고 있는 것이다. 송찬호는 새로운 서정이라는 말
을 쓰고 있지는 않으나 이 가혹한 시대에서의 시적 가능
성을 새롭게 추구한다. 「얼음의 문장 3」 끝부분의 묵시
록적 교훈을 보라.

　오래 비웠던 빈사의 빈집과 그 최후를 지켜보던 몇 개의

기둥들

  문들의 닫혀짐과 우연히 지나다 목격한 창문의 불 꺼짐 그
의 사라짐은

  단순하였다 다른 세계에서 바람이 불어온다 이제 그 흔한
물 위의

  사원들은 머뭇거리지 않고 흘러가리라 여기 그의 죽어 있
음을 아무도 치우지 못하리라

"여기 그의 죽어 있음을 아무도 치우지 못하리라"는
장엄한 묘비명과 더불어 "얼음의 문장"은 새롭게 시작된
다. 그 시작은 그러나 뜻밖에도 여인들과 함께 이루어지
고 있다. 앞의 인용 4)에 나타난 "공기의 여인들" "바람
의 입술들"은 무엇일까. 앞의 인용에서 그러나 그 여인
들은 곧장 죽었다. 내면의 문을 들어가서, 다른 해안에
올라가서 그가 만난 것은 아마도 여인들이 가장 먼저였
을까. 그런데 그 여인들은 너무도 빨리 그의 곁을 지나
쳐 가버린 것일까. 「얼음의 문장 4」의 끝부분은 이와 관
련하여 세심한 주의를 요구한다.

  새들은 가장 높은 곳에서 자신의 몸을 해체한다
  오오, 차가움의 심장을 빼앗기지 않으려 얼음으로 결박당
한 나뭇가지들이여
  얼음의 불에 휩싸인 채 새들은 나뭇가지를 떠난다
  새들은 날마다 얼음의 성채까지 날아간다 매일 조금씩 얼
음의 성채를 부재의 자리로 옮겨놓는다

새들도 노래하지 않는 높은 곳에 이른 시인이 발견한 사실은, 가장 높은 곳에서 새들이 자신의 몸을 해체한다는 것이었다. 새들은 나뭇가지를 떠나며 얼음의 성채까지 날아간다. 이 과정에서 새들은 '부재'의 변형인 시인의 자리에 얼음의 성채를 옮겨놓는 일을 행한다. 전통적인 서정의 땅을 잃은 새들이지만, 얼음의 현실 속에서도 새들은 새로운 일을 찾아내고 있는 것이다. 이 시 중간 부분에 보면 "그리고 그는 물의 지붕 위를 걷는다 물의 높은 언덕의 철새들 대합실을/물의 가장 높은 꼭대기 새똥의 무덤들을 저기 저 계단 끝이 바로/한철 우울한 첩자가 숨어 살던 그 다락방?"이라는 대목이 나오는데, 여기서 새똥의 무덤, 철새들의 대합실에 우울한 첩자가 숨어 살던 다락방이 있다는 점이 시사적이다. 그 방은 아마도 시인의 방이었을 것이다. 새들의 노래가 닿지 않는 높은 곳이 시의 나라라 하더라도 결국 그 나라 역시 방의 모습을 갖지 않을 수 없고 새똥의 무덤을 통해서라도 새들과 연락되지 않을 수 없는 그 어떤 곳이다. 말하자면 얼음의 성채라 하더라도 공기 속에 그냥 떠돌 수는 없다는 인식이 배태된다. 공기에 닿으면 여인들은 죽는다는 인용 4)의 사정은 이런 맥락에서 이해될 수 있을 것이다. "공기의 딸들아, 딱딱한 공기의 빵들이 너희를 먹여 기를 것이다"로 시작되는 「얼음의 문장 5」는 「얼음의 문장 4」에 이어서 패배와 부재의 묘비명을 앞세우고 시의 새로운 운명을 개척하러 나선 시인의 정착의 양식을 보여준다.

붉은 공기 속 진흙의 불에 가지런히 정돈된 신부의 얼굴을
똑똑히 볼 수 있었다 죽은 자의 이 철면피! 그 부재를 확
인하기
위하여 그는 수십 번 결혼의 반복 행위를 즐겼다

〔………〕

그들이 오고 있다, 부재를 높이 떠메고
점점 가까이 들려오는 그들의 발자국 소리 그들의 말소리
그들이 왔다, 실재하지 않는 사람들
물방울 하나가 공중에 떠 있다 물방울이 도시를 천천히 뒤
엎는다
아름다워라, 그의 눈 속 물방울 속 뒤집혀진 도시들

"그의 눈 속 물방울 속 뒤집혀진 도시들"은 사실상 이
연작시의 시적 자아이다. 뒤집혀진 도시는 전복된 가치
관 일체이다. 그 도시 속에는 불의와 궁핍, 억압과 부
정, 패륜이 독버섯으로 만연되어 있다. 송찬호의 시적
현실은 이러한 현실에 밀착되어 있다. 불만과 야유는 그
렇기 때문에 도처에 잠재되어 있는 숨은 모티프들이다.
가난과 노동, 소외의 경험도 은밀하게 은폐되어 있다.
그러나 그는 그것들을 꼭꼭 가두어 얼음으로 만든다. 차
가운 얼음 세상에 맞설 수 있는 힘은, 그 얼음의 불꽃이
라고 믿는다. 그 얼음 불꽃이 물방울 하나를 공중에 만
든다. 어차피 뒤집혀진 도시들──그의 눈 속 물방울
속에 비춰질 때 그 도시 또한 아름답다는 시인의 고백

은, 아름답다. 다소 난삽한 이 시인의 도시를 헤쳐가면서 이 도시에 주거를 마련하지 않고, 아름다운 성채를 꿈꾸는, 깊숙한 정신의 높이를 발견한다. 그것은 감촉은 차지만, 뜨거울 수밖에 없는 불길이다. 비록 얼음 속이라 하더라도. ▨